掃描 QRcode
線上聆聽臺語朗讀

十二生肖之歌 / 洪福田作 . -- 二版 . --
新北市：字畝文化出版：遠足文化事業
股份有限公司發行 , 2022.01,
52 面 ; 20 × 20 公分
ISBN 978-986-5505-69-1(精裝)
863.598　　120005494

臺灣鄉土繪本

十二生肖之歌

作者｜洪福田　臺文用字審定｜黃震南　臺語朗讀｜林奕碩　北管官話顧問｜林宸弘　語譯｜王家珍

字畝文化創意有限公司

社長｜馮季眉　責任編輯｜戴鈺娟　編輯｜陳曉慈、陳心方

美編協力｜盧美瑾　錄音混音｜禮讚錄音有限公司

讀書共和國出版集團

社長｜郭重興　發行人兼出版總監｜曾大福

業務平臺總經理｜李雪麗　業務平臺副總經理｜李復民

實體通路協理｜林詩富　網路暨海外通路協理｜張鑫峰　特販通路協理｜陳綺瑩

印務協理｜江域平　印務主任｜李孟儒

發行｜遠足文化事業股份有限公司　地址｜ 231 新北市新店區民權路 108-2 號 9 樓

電話｜ (02)2218-1417　傳真｜ (02)8667-1065　電子信箱｜ service@bookrep.com.tw　網址｜ www.bookrep.com.tw

法律顧問｜華洋法律事務所 蘇文生律師　印製｜中原造像股份有限公司

2022 年 1 月　二版一刷　定價 390 元　ISBN 978-986-5505-69-1　書號：XBFT4001

獻予這塊土地的 老朋友、大朋友、小朋友。

扮仙
年年繡花紅，
當朝鐵樹開，
三仙齊下界，
福祿寿仙來。

福仙

魁星祝寿獻
秋闈，獻
出月中丹桂
蕊，御筆
親點狀元
郎，果然一
門點雙魁。
天官賜福

祿仙

龜鶴遐齡二八丈。
麻姑祝壽獻瓊漿，獻出瑞氣滿廳堂，慶祝南山萬年壽，

寿仙

白猿祝壽、獻蟠桃，獻出長生棗不老，福祿壽仙齊下界，女子個麒麟萬丈高。

臺灣鄉土繪本◆作者◆洪福田

十二生肖之歌

臺文用字審定●黃震南　臺語朗讀●林奕碩

一　鼠賊仔名

鳥鼠阿弟
愛讀冊，
看冊買冊收藏
冊，愛甲來
去偷提冊，
警察來掠走
袂過，電話敲予
阿牛哥，好心緊
來擔保咧。
民俗臺灣

三牛駛犁兒

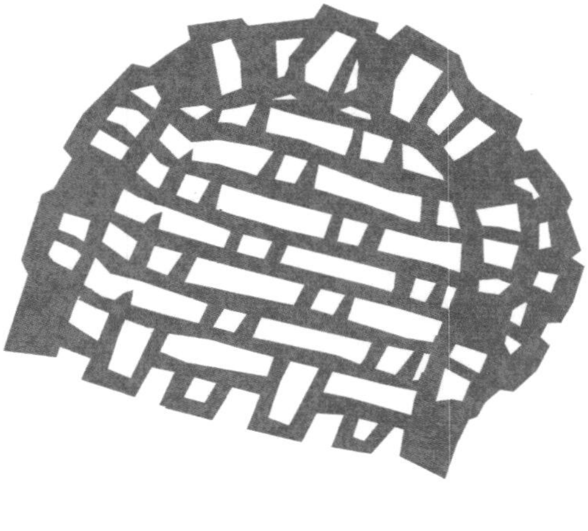

鐵牛兒哥喝無閒，
犁田播稻著看天，
王梨西瓜栽袂成，
負債欠數算袂清，
奈何拄著歹年冬，
好額兄弟來牽成。

三虎蹈山坪

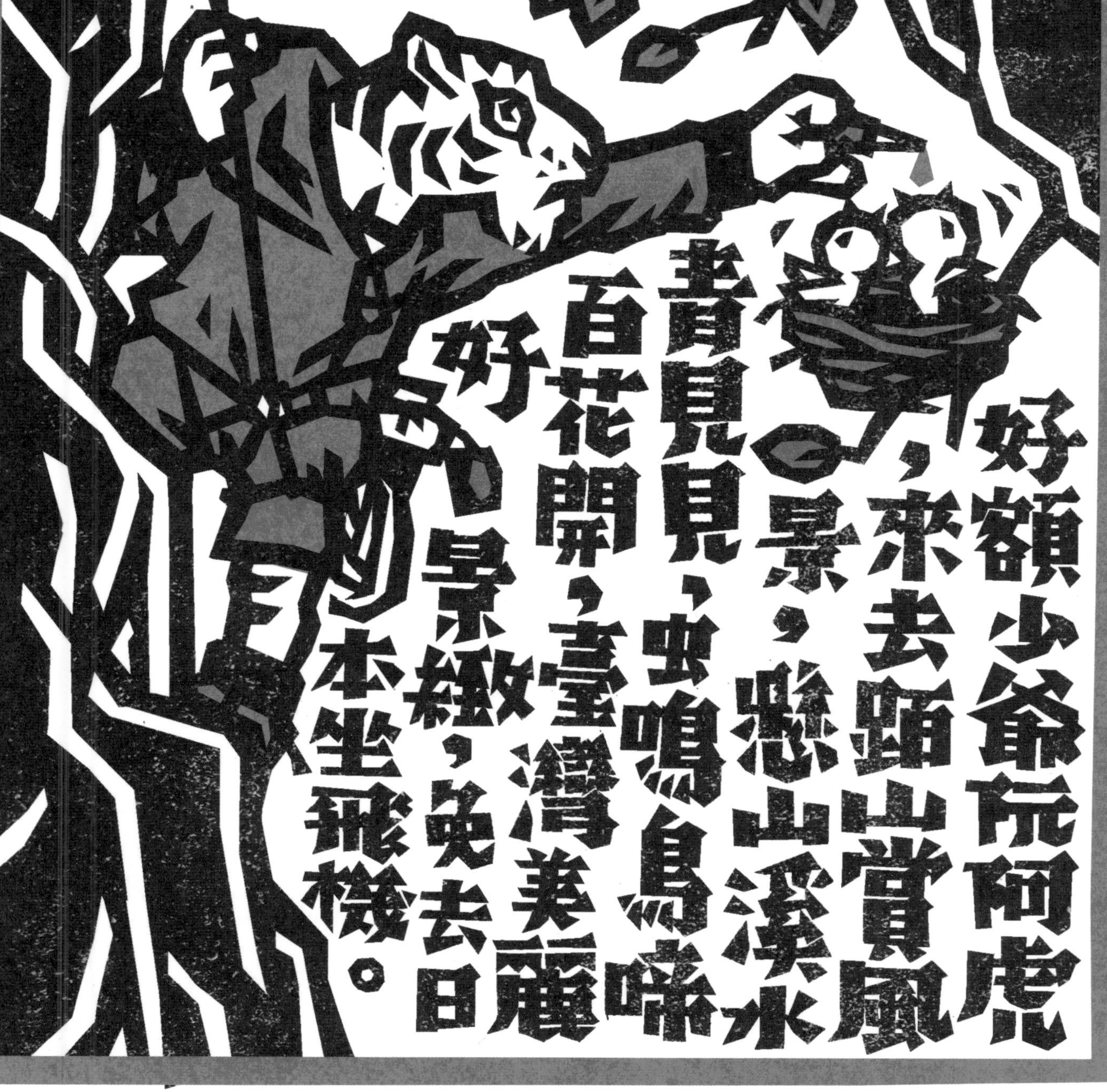
好額少爺阮阿虎
，來去踮山賞風
景，戀山溪水
青見見，蟲鳴鳥啼
百花開，臺灣美麗
好景緻，免去日
本坐飛機。

四兔遊東京

婧噹噹是兔仔姊，
出國𨑨迌蓋四序，
東京淺草晴空塔，
翕相拍卡鋪IG，
拉麵壽司哇沙米，
逐頓攏講予伊死。

五龍 皇帝命

算命講
伊上好
命，煞來
選舉拚輸
贏，喝甲
嚨喉
攏梢聲，便當
滾水無閒食，
政治路途傷
歹行，較輸
讀冊學問成。

六蛇無人驚

這馬老師真
正教，獅虎
豹驚，攏會
曉，嘛愛講彼狗
咬豬，學生個個老
龜精，若是狡怪毋
認真，序大壓你
去做兵。

七馬走兵營

保衛國家顧家園，
少年囝仔愛做兵，
訓練漢草真勇健，
食穿蹛用有保障，
仝梯換帖鬥相佝，
友誼誠意食水甜。

八羊食草嶺

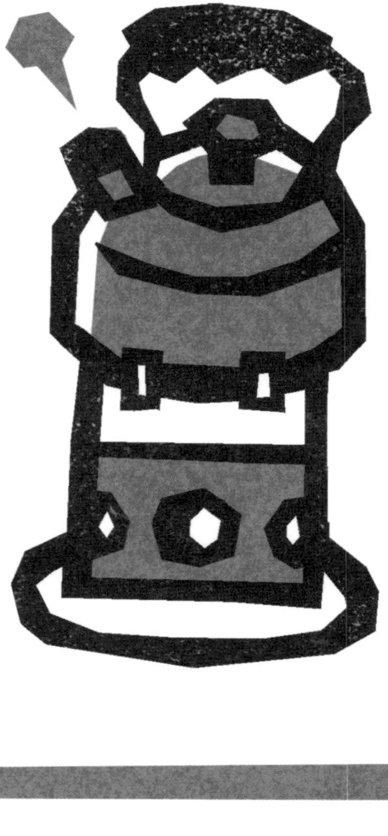

輕風微微吹，草嶺天頂無雲，心頭定，鳥仔念歌真好聽，花蕊清芳送鼻來，快樂露營食物件，後擺相招阿猴兄。

九猴踮樹頭

滿山滿坪滿樹林，
踏起踏落踏樹枝，
攑頭，滿天全天星，
月娘伴阮思鄉情，
等待出日天漸明，
照著將來好前程。

十雞啼三聲

燈光閃爍炤舞臺，
五彩十色照光采，
胭脂水、粉抹青春，
趁猶少年舞利害，
大聲唱出自由魂，
為著理想佮將來。

十二狗 顧門埕

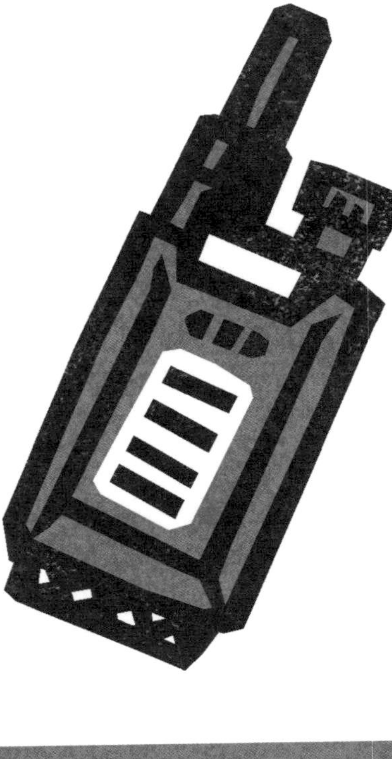

照三頓駛巡邏
車，電臺放
送音樂聲，
掠賊相拍毋知
疲，業主共
阮說多
謝，夜班顧
暝真拍拚，腹
肚枵來食宵夜。

十二豬 菜刀命

炒煎焄煮閣
有炊，欲糋欲
炕阮嘛會，炒
蔥煎卵炊芋粿
，煮菜糋肉焄魚
湯，便當夾菜
摻菜、脯
，包你
食甲
會抽呢。

語譯
王家珍

一鼠　賊仔名：一是鼠，偷偷摸摸好當賊

老鼠阿弟愛讀書，看書買書收藏書，
愛書變成偷書賊，警察來捉躲不過，
打個電話給阿牛，好心快來擔保我。

二牛　駛犁兄：二是牛，耕耘種田都靠我

鐵牛阿哥好忙碌，犁田播種得看天，
鳳梨西瓜栽不成，負債累累算不清，
奈何遇到壞年頭，有錢兄弟來幫忙。

三虎**蹓山坪**：三是虎，爬上山巔好威風

有錢少爺喚阿虎，最愛爬山賞風景，
高山溪水綠油油，蟲鳴鳥叫百花開，
臺灣美麗好風景，勝過搭機去日本。

四兔**遊東京**：四是兔，歡歡喜喜遊東京

兔子小姐水噹噹，出國遊玩好開心，
東京淺草晴空塔，拍照打卡po IG，
拉麵壽司和芥末，餐餐好吃歐伊細。

五龍 皇帝命：五是龍，天生就是皇帝命

算命說他最好命，就來選舉拼輸贏，
吼到喉嚨都沙啞，便當開水沒空吃，
政治路途最難走，不如讀書有學問。

六蛇 眾人驚：六是蛇，大家看到都驚嚇

現在老師眞厲害，獅虎豹鱉都知曉，
ABCD狗咬豬，學生愛耍小聰明，
上課搞怪不認眞，長輩押你去當兵。

七馬 走兵營：七是馬，兵營裡我是老大

保衛國家顧家園，少年囝仔愛當兵，
體格訓練眞強健，吃穿花用有保障，
同僚情深來相挺，眞誠友誼喝水甜。

八羊 食草嶺：八是羊，爬上山嶺吃草去

和風微微吹山嶺，天空無雲心頭定，
鳥兒唱歌眞好聽，花兒盛開香滿鼻，
快樂露營野餐趣，下回邀約猴子哥。

九猴 踊樹頭

：九是猴，爬樹本領第一流

滿山滿谷滿樹林，爬上爬下爬樹頭，
舉頭仰望滿天星，月亮伴我思鄉情，
等待日出天色亮，照我將來好前程。

十雞 啼三聲

：十是雞，黎明報曉啼三聲

燈光閃爍照舞臺，五光十色好光彩，
擦脂抹粉舞青春，趁著年少展自信，
大聲唱出自由魂，爲了理想和將來。

十一狗 顧門埕：十一是狗，愛家顧家我在行

一天三次來巡邏，電臺放送音樂聲，
捉賊打架不怕痛，大家對我說謝謝，
夜班巡邏眞辛苦，肚子餓了吃宵夜。

十二豬 菜刀命：十二是豬，天生註定給人吃

煎炒燉煮和清蒸，要烤要炸我都會，
炒蔥煎蛋蒸芋粿，煮菜炸肉燉魚湯，
裝進便當配菜脯，吃完保證打飽嗝。

本書的誕生

字畝 編輯部

這本繪本的誕生，緣起作者洪福田近年限量手作的私房水印木刻版畫。每到歲末，洪福田會爲新的一年親手製作木刻生肖版畫，限量拓印，分贈少數親友。這些限量版十二生肖木刻版畫，眞是人見人愛！例如鼠年是可愛的錢鼠搭配一句「錢鼠咬財趖入門」；豬年是肥嘟嘟的野豬搭配一句「野豚迓灶飽飽春」；古早味的吉祥話畫龍點睛，更添生肖版畫的鄉土意趣與童趣。

「這麼古錐的手作限量十二生肖藝術品，有沒有辦法分享給更多人呢？」本書因而醞釀、誕生。

作者洪福田生於古都臺南，他將兒時玩耍傳唱的童謠，結合本土人文意趣，創作十二則類似臺語童謠的生肖小故事，結合獨樹一格的版畫畫風，譜出屬於這片土地的《十二生肖之歌》。

爲求正確嚴謹，臺語文字由文史專家黃震南審定。又考量本書文字的音韻性，特地錄製好聽的臺語朗讀錄音，供讀者聽讀；臺語朗讀是由金曲獎提名樂團「百合花」主唱林奕碩美聲錄製。此外，更邀請童話作家也是催生本書的推手王家珍，爲不熟諳臺語的讀者擔任引路人，將臺語文字轉譯（而非直譯）爲淺白又富童趣的國語文。由於作者、審定者、錄音者、語譯者的熱情投入、跨界合作，才有本書誕生，讓不分年齡、不分何種母語的大小讀者，都有機會閱聽別具巧思的十二生肖之歌，典藏洪福田的生肖版畫繪本。

欲講的話

洪福田

「傳統賦予新的現代面貌，才能延長藝術生命。」臺灣版畫藝術家潘元石老師曾這麼說。

小時候愛哭鬧「歹育飼」，街坊鄰居都會建議帶我到天公廟（臺南天壇）改運、收驚，那是我最早看見的臺灣傳統民俗版印：生肖替身。報上姓名、歲次、住家地址，櫃臺繳費後，靜待法師準備儀式。綁有紅布條的牛號角「嗚嗚嗚」響起，似蛇的法索一鞭「啪！」著實嚇壞了幼稚的心靈，接著法師念念有詞，我瞥見一旁擺著井然有序的生肖替身草人，貼上的各式動物圖樣，好可愛，好想帶「一打」回家，當然是不被允許的。

臺灣傳統版印由日治時代的作家西川滿，運用在裝幀藝術上的表現最爲淋漓盡致。每每拜拜幫忙燒金紙，看見樸拙粗線的神明圖樣，隨著火花熊烈燃揚而上，飄蕩的灰燼，有如神仙正演出一場精采劇碼——這念頭便促使我一直想完成這樣有趣的繪本。

末了，法師「哈！」一聲，交代回去一碗水，把「符仔」燒一燒在碗裡，再喝下去，收驚結束。

作者　洪福田

對廟宇的民俗美術著迷，喜愛傳統的版印，也受到日治時代作家西川滿影響，熱衷於藏書票、手作限定本的創作，進而學習傳統藝術「木刻水印」，擅長版畫風格的繪圖表現。插圖作品《說學逗唱，認識二十四節氣》（字畝文化出版）獲好書大家讀年度最佳少年兒童讀物獎。

臺文用字審定　黃震南

本土語文教師、藏書家，臺師大臺文所畢業。專門收集臺灣相關舊文獻，經營臉書「活水來冊房」粉絲專頁。著有《取書包上學校：臺灣傳統啓蒙教材》、《臺灣史上最有梗的臺灣史》、《藏書之家：我與我爸，有時還有我媽》。

臺語朗讀　林奕碩

從事詞曲創作、學習傳統音樂的藝術家，現為樂團「百合花」主唱。

語譯　王家珍

知名兒童文學作家，以幽默逗趣的童話風格著稱。曾獲金鼎獎、好書大家讀年度好書獎等多項獎項肯定。